MELVIN SIA

第二個家 見

謝佳見

序章——夢

PREFACE

大霧瀰漫的陽明山徑，風裡似乎正傳來家鄉記憶的聲音，有快樂有憂傷有愉悅有失落……在這樣彷彿失去了時間感的環境裡，初次抵達台北的心情與後來城市裡發生的林林總總，重新在腦海中錯落交疊，我再次省思、回顧，然而、方向僅有一個，不斷向前。

穿梭在一個個大城市，
一步步走向未知領域，
除了忐忑還多了感恩，
你好，我是謝佳見。

　　「對未來的興奮、對未知的適應。」這是我離開馬來西亞之後最貼切的寫照，好比進入一片蓊鬱旺盛的森林中，必須不斷調整自己的步伐與感官，以便能從容面對隨之而來的一切。

　　正式到台灣發展之前，其實已經造訪過台北，雖然只是遊客的身份，竟成為後來的我一個很好的心理預備。當時印象中的台北是豐富有趣、舒適愜意的地方，相對於歐美大都會，一切簡單自在，建築聚落也是寬鬆的、矮小的，對我來說，台北是一個不會造成情緒負擔的城市。不像其他大都市待久了，總覺得壓力很大，感覺隨時會被城市大怪獸所吞噬。相反的，台北給我的感覺沒什麼侵略性，準備來台工作時也沒有產生任何負面疑慮，我只把它當作去全新的工作環境般自在。

　　還記得來台北的飛機上，心情異常興奮，當時的唱片公司準備幫我發第一張單曲，以及其他的宣傳計畫。可想而知那時的我有多麼愉悅，也覺得很幸福，畢竟身為藝人能受到重視是一件最棒的事。

　　印象最深刻的是，發片前一天竟然遇到颱風。在我的故鄉馬來西亞是沒有颱風的，所以我一頭霧水問：什麼是颱風？同事叫我從大樓往下張望行人道被狂風吹開的傘花，才知道原來是如此嚴重的天災，整晚睡不著祈求颱風趕快離去。幸好隔天颱風遠去，出了大太陽，記者會行程才得以順利進行。此外，馬來西亞也沒有地震，過往是我在中國為 Giordano 宣傳時，經歷了一次嚴重的地震，整棟大樓搖來晃去，當下真不知該衝出或待在原地……後來每每想起這些惶惶不安的瞬間，不免錯覺聯想到演藝生涯中幾段蟄伏時期，在每次的抉擇當下，都有著同樣一種不知該如何繼續前進的茫茫然。當初公司希望我留在台灣的原因是，「謝佳見」三個字對台灣演藝圈來說還像是陌生人，如果無法在此定居，一旦有工作便將無法即刻聯繫，更不可能等我從馬來西亞飛過來，如此一來

也可能流失掉許多機會，對於新人的發展較為不利，於是我才下定決心把台北當作接下來的家。可惜事與願違，單曲之後，遲遲沒有正式演出機會，只能一直等待。幸好在台北的生活還算愜意，夜市好吃好逛，還可以騎著單車到處觀覽城市大大小小的一切，這些是我在馬來西亞沒有機會做的事，所以在台灣什麼都新鮮，什麼都是第一次。尤其極大的不同點是，馬來西亞是雨林國家，四季都是夏天，也相當潮濕，偏偏我是一個怕熱的人，所以格外喜歡四季分明的台灣，而如果在台北遇到炎熱的夏天，我就會選擇到其他城市走一走，譬如高雄、苗栗或花蓮，都非常舒適宜人。

　　然而，等待這件事終究是令人感到孤單的，來自吉隆坡的我，習慣做什麼事都很快、很急，初期在台北市區開車慢到時速四十公里，真的讓我很難適應，加上後來發現，到外地旅行與工作是截然不同的兩件事，過去離開馬來西亞拍戲最長頂多三、四個月，而這次是要長期定居台北，等於建立一個第二故鄉，時間一拉長便開始想念馬來西亞的朋友、想念我的家人，因此在前期調整、適應的過程，難免會產生一點憂鬱的感覺，那也是我最低潮的一段時間。

　　幸好在確定來台發展之後，很快為自己設定了「金鐘獎、金馬獎」這個遠大目標，屬於我的台北故事似乎漸漸有了新的章節輪廓，就像一個在慢慢架構的劇本，角色確立，剩餘的就是整體風格與走向的細節，我知道必須透過自己一點一滴的努力，才能讓這故事的骨幹枝節豐富起來；我的台北生活也因為有了明確的方向，所有的感受與情緒反而成為沿途的風景，再也不會是攔阻我前行的障礙，變成是陪伴我在這片廣闊的表演藝術森林中，不斷增添養分與底蘊的多彩多姿。

陽明山路彎
陽明山小觀音停車場一帶

方向只是個參考的目標，
誰願意陪我完成才是重點。

第一章——生活

CHAPTER ONE

消防栓

小 小的街道一如小小的生活，生活很簡
單，生活是一種屬於自己的內在個性
與外在形貌，當走在喜歡的赤峰巷弄裡，
覺得自己就是城市的一份子，所有定居於
此的人，都在尋找這樣的歸屬感，而命中
那一條最合適的街，總是在每次不經意地
路過時，輕輕呼喚著自己。

生命中也許有很多缺憾，
我們不能當這世界是個許願池，
當我還能付出的時候，何必選擇安逸？

「這些年少了感情的拉扯，
少了戲劇化的人生，
我選擇了淡然。

　　漸漸地我很喜歡台灣，這裡有許多在馬來西亞享受不到的事物，例如美好的四季。除了可以暫時遠離三百六十天盡是炎夏的時間感，日子裡有了不一樣的氣候線條，一旦走在街道巷弄，每一天都可能有不同的環境，與心境。漫步在暖暖春陽與徐徐微風之下，雨後，周圍景致似乎變得乾淨明亮了起來。我悠閒逛著揉合了懷舊氣息與咖啡香的赤峰街，偶而有一些居住附近的叔伯阿姨從身邊經過，我興之所至地與他們攀談……步調如此緩慢，漸漸為我沉澱出十幾年來的演藝生涯回憶。

　　時間過得很快，但是回憶歷歷在目又彷彿發生在昨日。我是經由馬來西亞選秀比賽出道的，當時在演藝圈朋友的慫恿下決定小試身手，比賽分為歌唱、戲劇表演、主持、舞蹈等四個階段，每項都具有一定難度。雖然本身個性內向，並不很習慣在眾人之前展現自己，但是也或許還真有一點點天分？後來竟然從幾千位參賽者中過關斬將，一路晉級至五十人、二十強……心裡帶著一點認真、一點好強，以及一點點怕輸的心情，最終選入決賽前六強。

　　當年決選之後，我很快獲得了工作邀約，令人訝異的是第一部戲《聽青春的聲音》就讓初來乍到的我，嚐到走紅滋味，媒體報導往往是鋪天蓋地而來的。然而，這種夢幻般的情境只停留了一小段時間，外界開始耳語只是靠外型取勝的偶像，偏偏我是吃軟不吃硬、激不得的性格，當下對自己賭氣地說：「這樣吧，我就給自己兩年時間全心投入演藝圈，如果沒有成果，我就繼續唸書。」當時的我完全沒想到，後來我就此迷戀上了戲劇所帶來的魔力，再也不想重返學校了。

　　凡事要做就做到最好，是我從小用以激勵、督促自己的觀念。在馬來西亞花了八年才得到金視獎肯定，雖然達到了階段性目標，也或許身邊許多同期藝人會覺得夠了，選擇留在舒適圈，但當時才三十歲的我，深深知道絕不能因而自傲或滿足，更不該浪費各

種珍貴的表演機會，持續踏出有意義的下一步。

我決定挑戰自己的極限，期許自己往前走。

來台灣發展之後，自然是另一種生活的開端，工作之餘，每天都必須重新面對不一樣的事物。在台北，既是陌生又是熟悉，我在那樣處處新奇的情緒節奏下，一邊穿梭在台北新舊街道裡、一邊徘徊於工作上不同的人情世故之間。我從零開始，以新人姿態重新起步，前方的路雖難，但也沒有預留退路，等於放棄原有基礎，專注而穩定地逆風向前。當二〇一五年以《十六個夏天》入圍金鐘獎時，心情非常激動，因為完成了最初默默在心裡設下的目標，一旦跨過了門檻，再沒有任何事情比起讓自己覺得「終於做到了」，來得更為喜悅、更是紮實的感受。當下，允許自己花了一點點時間感到驕傲，對於曾經不看好自己的人，我始終認為他們是邁向成功的催化劑之一。

過去在馬來西亞發展的時間，從學生生涯過渡到演藝圈，心態上的優先順序一直是愛情、朋友、家人，而工作對我來說，玩樂成分比較大，絕非最重視的事情，更不想影響原有生活。每個人在不同生命階段，有不一樣的心境與處事態度，過往一切可以是鼓勵、也可以成為借鏡，無論如何，必須學習將之轉化、蓄積為前進的能量。記得後來越來越多馬來西亞藝人來台發展，當然更多的是又默默回去了，在異地闖蕩真的不容易，相較之下，自己很幸運也很幸福，可以成為星空裡的一抹亮點，一切必須充滿感恩。

對我來說，台灣生活是一連串調整心態的日子，這段沉潛異鄉的努力年月裡，台灣人與在地文化時常滋潤著我、支持著我；就像眼前這條單純質樸的赤峰街，以及在此安身立命數十年的耆老，他們安穩踏實的生活態度、樂天知命的笑容，彷彿都在不斷對我說：「放心，好好地安定下來，享受生活吧！」

赤峰街生活圈
台北市大同區赤峰街

我沒那麼偉大，

也許只是逃避更深層地面對自己吧，

換個角度看，也許更享受現在的自己。」

CHAPTER TWO

第二章——等待

喜歡在寧靜空間裡分析自我，以一杯咖啡的時間想像城市與自己之間的關係。咖啡館是店主性格的延伸，走入一家店，就像認識全新的朋友，相談、閱讀、交換意見，有的會成為偶遇的回憶、有的將結為莫逆之交，這是城市最珍貴之處，你永遠生活在精彩的相遇之中。

WAITING

有人說，雙子座不管做什麼事或在學習的過程，
都是三分鐘熱度。

「咦？好像是耶」自己以前也這麼認為，

做一做、學一學，就膩了。

　　定居台北之後，落腳在信義區一間坪數狹窄的套房。那是一段等候機會的漫長時光，我總是穿梭往返於住家附近街道上，在小吃店用餐、騎單車繞行，或在咖啡店消磨時間，一坐就一個下午……盡量避免獨自待在小小空間裡，獨自面對著小小魚缸裡的魚兒們，擔心自己對密閉環境的恐懼又在心底持續擴張。小時候，沒什麼朋友，家人管教嚴厲，往往只能躲回房間，壓抑自己，甚至養成與空氣聊天的習慣，這是從小積累的恐懼，因為孤單的回憶被烙印得太深了。

　　現在經過咖啡店，首先想起的，就是那些在漫長等待中所散發出的恐懼感，但更多的是一些沉默的陪伴……或許，對未來的徬徨是影響心境的最大因素。每天在空等，一切都是未知之時，只會持續感到焦躁難安，何況積蓄漸少，每天只能吃兩餐，啃麵包、吃滷味、出門只能騎 YouBike 或步行……甚至曾哭著打電話向馬來西亞的朋友訴苦。每當想念家鄉，偶爾會跑酒吧，希望熱鬧的氣氛能壓低心情的鬱悶，希望尋找一處屬於那份不安定心情的落腳地。回想起來種種壓力事小，卻是一道道催促自己前進的動力：絕不能回到那種景況，不能辜負一直以來的努力。

　　與其說等待，不如說重新開始。這段時間並不長，因為我試著讓自己很忙，不工作也不會待在家裡發呆。對我來說，那段台北的日子充滿好奇和新鮮感，尤其是我喜歡到處觀察人，可以坐捷運從市府站一路到淡水，然後在海邊靜靜看著來來往往的人們的故事。

　　記得十八歲那年高中畢業，毅然決然報名大學，離開家鄉，為了這一刻付出許多心力，終於是振翅高飛之時。到了吉隆坡，在大學主修建築，原以為會安安份份讀完書，再進入設計公司或建築師事務所工作，然而、故事劇情卻被人生中一個不經意的轉彎所改寫。從小是獨行俠的我，個性雖然內向，卻有一顆憧憬鎂光燈的心。因此在大學最後一學期，參加試鏡，闖進了表演的世界。從馬來西亞到台灣，凡事無法一蹴可幾，拒絕舒適圈的我，面對新的挑戰、新的文化衝擊，無論必須忍受多少孤單，一切只為了碰觸到夢想。

那時關心我的朋友也常問：難道沒有談場戀愛轉移注意力？其實愛情對我來說，只是一個氛圍，一種感覺，以前的我比較渴望愛情，因為從小覺得自己是孤單、沒有愛的人，每個人口中都在談愛，但是「愛」到底是什麼？所以很想透過談戀愛去學習、去經歷。但是來到台灣的目標很明確，全力衝刺演藝事業，不敢奢望愛情，有機會就去完成一次又一次的表演，對戲劇的熱情如潮水般一波一波打上來，從此帶領我向前走去。

在漫長等待之後，隨之而來的是更複雜的心態適應與調整。記得接演《飛越龍門客棧》時，沒有太多人認識我，記者會時所有演員坐一起，我是最常被忽略的一位，只能保持微笑。過去在馬來西亞發展時，除了少與媒體互動，我認為訪問重心應該在作品，不需太關注演員的事。後來想起來，可能過往的性格不太容易相處吧，也不容易相信人，初期必須花較多時間適應新的演藝圈生態。

直到後來認識了美秀姐一起合作《我叫侯美麗》，能與美秀姐合作真的是緣分，從沒想過當時自己是一個新人竟可以跟影后合作，而且她幫助我許多，給我很多正能量，讓我有種被照顧的感覺。在她面前總是可以很放心，也很坦誠，我們也常與朋友相約聚餐，她們會帶我到不同城市走走看看、介紹台灣風俗民情、帶我認識優秀的表演工作者與幕後團隊。當時不敢相信有那麼幸運，可以擁有這些貴人相助，另一面又開始害怕失去。或許家庭關係，從小覺得美好的事物都留不久，轉身後就會不見了，所以來台灣的一路上都在學習改變，學習跟人相處，學習怎麼珍惜。真的很感激美秀姐，她讓我感受到台灣娛樂圈的溫暖，使我更堅定地留在台灣。我想，她是一個讓我體會到「愛」字的人。

現在坐在咖啡店的我，心情不同以往，雖然無法盡情享受自由，但是此刻的自己是一直以來所期待的，一切終於塵埃落定。想起離開家鄉時，唯一讓我放心不下的最疼我的奶奶，搭機前往吉隆坡那天，她要我好好照顧自己；當時在飛機上哭得很傷心，一方面不曉得什麼時候還能再見到她，一方面對未來忐忑不安；但現在，我的快樂證實了我的決定，所有在等待的壓力與傷感，早已煙消雲散。感謝孤單的磨練，沒有後悔。

AGCT apartment
台北市大安區溫州街 49 巷 2-2 號

但後來發現並不是這樣的，

其實雙子討厭麻煩而且容易感動，
還很專情。

-KNOWN FOR

OGO.

BE KNOWN FOR

LHOUETTE.

mbattista Val?

路上撿到一隻貓

義式咖啡館

妳認同嗎？」

CHAPTER THREE

第三章——習慣

和一座城市相處，如同一場只有彼此知悉的戀情，最重要的就是磨合對食物的感覺、調整口味，一旦有了相同喜好的味道，也就有了繼續下去的默契，在寧夏夜市裡，想到的是每一種食物被認識、被喜愛、被理解的從無到有的過程，而每一張擁擠的桌面上，都擺滿了彌足珍貴的情感。

BE USED TO

快不快樂是個決定，
因為這人生是自己的，
不為誰而活！

　　台北是一個可以享受生活的城市。從還只是一個觀光客時，便深深被這裡的氛圍所吸引，走在街道上，一切都是那麼地輕盈與舒緩，她具備了其他亞洲城市沒有的風格，深具一種似乎能靜靜撫慰人心的力量。當我來到這裡定居、工作、生活，初期雖然受到等待的焦慮心情影響，無法再像旅客那般雲淡風輕，但在這裡的日子，無形中改變了我的性格，讓我從一個相對急躁的人，慢慢變得和這塊土地一樣外表溫和、內在堅韌。

　　猜想台灣一定是不斷用美食收買人心！根據觀察，台灣人若要招待國外朋友，第一件事就是帶他們逛夜市，而我的確迅速愛上了這裡的小吃，很快融入在地飲食文化，特別是從成為旅客開始，每回造訪必吃的麻辣火鍋。其實相較於台灣，馬來西亞的食物口味較重，酸辣且油膩，日子一久，反而當我回到馬來西亞，往往因為無法適應而水腫、變胖，足見台灣對我的改變之深！

　　當然、一個人的生活習慣理應是全面性的調整，一旦最根本的飲食方式獲得適應，便能一步一步讓台北生活成為自己的重心。這幾年比較少有時間回馬來西亞，只有在幾個傳統節日才回去探訪親友，卻也極少再回到民丹莪鄉下，奶奶與媽媽在十幾年前相繼過世，更失去了返鄉動力。二〇〇二年是我人生中最黑暗的時刻，最愛我的兩個女人先後離去，帶給我很大的打擊，大家都擔心我會撐不下去，然而、悲傷之餘，我明白這是時間給我的一大考驗，獲得與失去、失去獲得，每個人都必須學習從泥沼中脫困，重新取得心理上的依靠，重新設定生命的核心價值；或是，以另一角度思考，既然我所牽掛的人皆已被安置在更好的遠方世界了，我便能獨自大步昂首，專注向前。

　　回想在台灣從接演第一部戲劇到二〇一五年以《16個夏天》入圍金鐘獎，中間只經過短短的兩年半，與之前在馬來西亞苦熬八年才獲得肯定，時間相對短了許多。有人說我幸運，很快在台灣奠定不錯的基礎，我真心感恩，也相信自己是幸運的，但是若沒有

過往的基礎，恐怕無法如願。此外，我也相信，更重要的是面對無常的世事，越來越能成熟以對，保持信念，丙心不斷的苦壯與強悍，才是能讓我一路堅持的關鍵。

　　世界上各行業都有其辛勞之處，其中最難能可貴的是人的慣性，竟然可以如同一般被收容在各種容器之中，就像我融入台灣演藝生態中，前提是一股強大的熱情，即使失去了生活上的部分自由，仍然能支撐自己持續前行，因為是一場長途的耐力賽，沿途只有一個看不見的對手，就是自己本身。

　　心情上的調適以及每一個瞬間的心態轉換極為重要，也往往需要加倍的付出，所有看不見的壓力，更是難以形容。這麼說吧，如果馬來西亞影迷貼身觀察我後來在台北的發展歷程，一定感到不可思議，竟然像新人一樣從零開始……他們會覺得心疼，認為何苦來哉？但是了解我的人同時也明白那不會是阻礙，一旦我專注於前方的目標，一切的苦就算不了什麼。撐過之後，不僅能磨練出更好的經驗與技能，還能進而發揮持續積累的影響力，將正向的善意傳遞出去，習慣努力、慣於付出，每一個人從心做起，讓各種善念相互感染給身邊的人，對我來說，這是在演藝工作裡發光發熱的真正意義之所在。

寧夏夜市

台北市大同區寧夏路

長大了，
難免還是會帶著點心事；
帶著點難言的痛，
但還是得每天笑嘻嘻地生活下去。

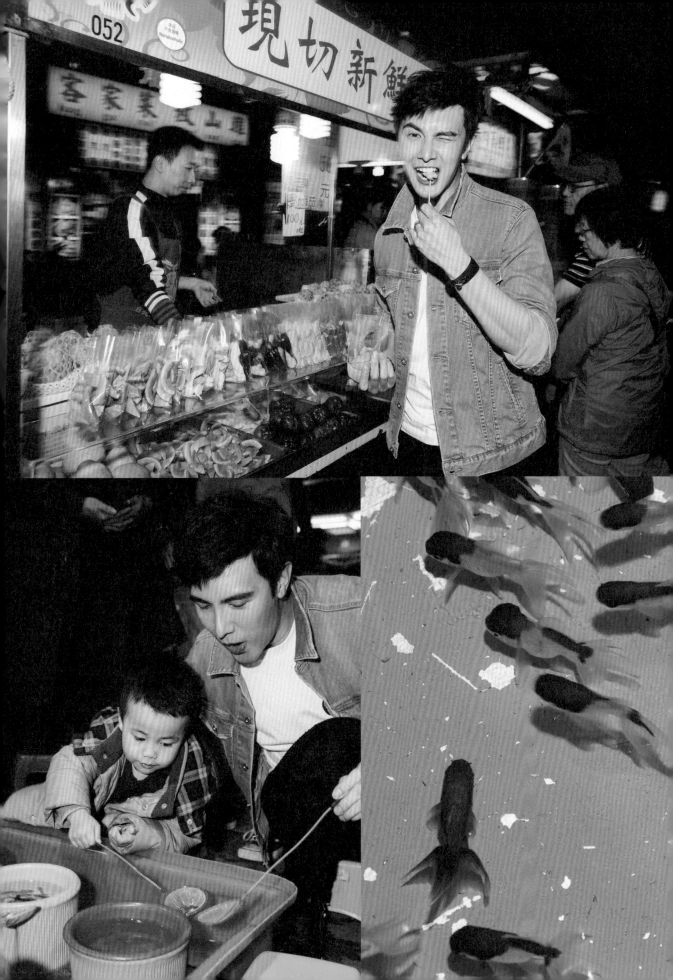

CHAPTER FOUR

第四章——

放肆

獨自在北海岸聆聽海潮，有一種遺世獨立的感覺，像是站在城市背面，短暫釋放情緒，無論好的壞的，都在瞬間得到了不曾有過的詮釋。或許是因為有一種距離，退後在稍遠處，可以讓自己獲得一種寬慰，天地之間，所有問題都多了全新的視角，不再是獨自面對。

ENJOYING

「沒有人能替你承受，
也沒人能拿走你的堅強。

每個人都是孤獨的行者，

在行走的過程中慢慢變得堅強。」

海，我很喜歡海邊，以前只要碰到不開心的事情，或是殺青之後想好好放鬆一下，一定會到海邊，曬曬太陽、瞭望遠方。從吉隆坡開車只要一個半小時就能抵達那片秘密基地，整個陸地延伸至海中央，是我最喜愛的景色；如果住在海邊的旅館，早上望出窗外彷彿整個人置身於海中央，非常享受，在那樣的環境，才有辦法讓心悄悄地與世隔絕。

二〇一六年中旬後，尾隨而來的是一段長長的低潮期。當時出現非常多的負面新聞，許多莫須有的指控排山倒海而來，差點將我淹沒。當時的我選擇不回應，對我來說，我只是在選擇一個與自己理念更相符、目標更一致的地方，不應遭致如此結果。仍在拍《遺憾拼圖》的我，背負了好大的壓力，難以適應，覺得一切都很荒謬，所以拍完之後，一群馬來西亞朋友飛來幫我過生日、陪我解悶，玩得很瘋狂、很開心，當下覺得自己終於可以用真實的面貌面對人。

其實，從小過了太久寄人籬下的生活，培養出強大的意志力，練就了不管別人怎麼說，盡量不往心裡去的功力，可以說是「苦難」最值得的地方，也是過去的我之所以可以沉得住氣、保持沉默的原因。過程中，每當又碰到不順遂的事情，我都相信一定是我還需要鍛練某些品格，或者即將面對更大的責任，需要更多考驗來磨。於是，我告訴自己，既然我不能改變這個環境，只能盡力改變自己。

在十五餘年的工作中，能影響我情緒的，大部份來自人際關係的壓力，以及媒體歪曲的報導視角。過去我的個性不會去反駁、默默承受，對於負面報導，當下並不那麼想回應，因為不想被話題牽著走或附和它的攻擊，心想只是娛樂新聞，一笑而過吧！後來卻發現這麼做並沒有帶來任何幫助，那些負面能量沒有消失，這讓我感到氣餒。這些年，我多麼珍惜一路在台灣的機會與成績，也那麼信任與渴望團隊精神能帶來好作品，後來發覺似乎不是每個人都和我一樣這麼認為。所以，現在我決心不再沈默，因為沈默對不

尊重你的人來說，毫無警示效果。一定要懂得為自己發聲，永遠試著為所有的閱聽人進行另一種「平衡報導」。

因為片面的談話，容易被斷章取義，所以，我始終全心投身於表演之中，藉由眾多戲劇角色，傳遞想法與意念，雖然辛苦，卻更加真實。而每一個角色，我都會從中找到貼近自己的部分，與角色取得溝通上的平衡，更能從心底而演、自然展現人物的性格。

每一回的戲劇表演都讓我很享受，畢竟那是真真實實地為了一件事而努力、累積著。

回想起來，人生就是如此起起伏伏，但終究會過去。我學會了尋找讓自己開心的事情來做、分散負面事物的影響力、懂得為自己發聲。這麼多年下來，感覺自己無論各方面都進化了。對照過往在馬來西亞愛鑽牛角尖、沈默的我，現在彷彿整個人換了血，迎向陽光！

綠石槽海岸
新北市石門區老梅社區外沿岸

沈默是內心最痛的吶喊，
也是我表示輕蔑的完美方式。

第五章——想像

CHAPTER FIVE

烏來山野處，總令自己有著一份等同遠行的知覺，車途蜿蜒，綠意紛陳，像走入城市的另一顆心、投入自然山水的無私擁抱，可以全然依賴著，放下一切地沈澱，從城市的高壓意念裡暫且鬆綁。面對著溪流與瀑布，映照而出的明亮、沒有絲毫添加的本質的自己。

IMAGINING

感謝身邊看透了我，
如今卻還陪在我身邊的人。

總是會不經意回頭看，
沒想過自己會走到了台灣，
更沒想過自己該變成什麼樣。

　　認識烏來的山水，來自於戲劇的緣分，環境僻靜又能享受溫泉，對我而言，像是一個別有洞天的人間仙境，一進山中便不捨得離去。一旦需要整理思緒的時候，我會選擇來到這裡，在大自然的懷抱下，靜靜與自己對話。或者，當爸爸來台灣時，我們也會到烏來走走，一起品嚐當地民家的客棧小菜，輕輕鬆鬆與家人共享家常菜的感覺，很美好。

　　過去的我，對於郊區或者鄉村環境，心情其實很矛盾，由於童年經驗影響，本身會有些不自覺的恐懼感，也是導致我嚮往都會生活的因素。然而，台灣的風景那麼美，除了烏來，苗栗的桐花、客家村也都讓我印象深刻，還有合歡山上的雲彩……這些都是我從小到大沒看過的絕美景致。

　　生活中，我藉由生活空間的轉換來調適心情，所以，休息的時候我會到山裡享受遠離人群的自由；而準備戲劇時，我也能呈現這種與世隔絕的狀態，但不需要依賴環境，而是忘我地進入劇本的世界，把整個人裝進另一個身體裡……有時甚至會出現許多不同於自己的行為反應，不小心會嚇到身邊的工作人員。殊不知當下我已經轉換為劇中角色，在生活裡逐一建立眾角色的喜怒哀樂，從身體到心靈，徹底改變！

　　我一直都不喜歡透過觀摩其他演員表演的方式作為學習管道，只要看了就像在模仿，讓我很彆扭。不如讓自己像張白紙，用心地讀劇本、深入揣摩角色內涵。所以，我甚少參與表演相關課程，一切都靠自己長期以來的摸索。對演員來說，擁有讀劇本的領悟力與想像力非常重要。在馬來西亞接演第一部戲時，幸運得到了男主角的角色，每天用心揣摩，背台詞直到深夜，一邊打盹，凌晨醒過來再繼續，拍了兩部戲都是如此，壓力非常大，一直到第三部才懂得放鬆，慢慢領悟到表演技巧。多虧了出道後這八年的實戰訓練，奠定良好基礎，有了這形形色色的經驗，才讓後來的表演工作更能駕輕就熟。

　　還記得演出《16個夏天》時，雖然順利進入角色卻很難抽離，第一次讀劇本時馬上

浮現一個想法：「糟糕，我一定會被觀眾狠狠地罵！」再看第二次時，卻有一股油然而生的興奮感，因為太有挑戰性了！當時我用喝酒的方式，將自己用力丟進「汪俊杰」這個角色，整個過程對演員來說，真是酣暢淋漓的難忘經驗。尤其他在戲裡把書撕掉那段，是演得最過癮的一場戲，當下我試圖將一個充滿矛盾、糾結的人格，以一種激情的方式詮釋出來，不僅滿足我的表演慾望，也成功傳達角色的情緒張力。

透過這樣的角色塑造，終於能讓大家認識不一樣的謝佳見。

我在眾多角色裡投入自己對生活的想像，同時透過角色的戲劇發展，一點一點認識不一樣角度的生命觀、價值觀，並且從中學習人生的新的可能性，而這兩種現實延伸而去，則離不開更多生活的累積。密集接戲後的我，一直渴望能擁有長假，無論是英國、法國、義大利等等，都是嚮往的國度。以前雖然有時間卻不敢成行，因為長時間坐在機艙裡會讓我感到壓迫，現在狀況好轉了，便又興起這樣的渴望。年紀一直在變，心態也一直在調整，而現在的我不想等到未來不能動了，才發現還有許多遺憾。

人生的劇本永遠是在隨時修改的，如果當初完成了學業，現在的我有可能成為一名建築師，甚至在許多城市看得到自己設計的大樓⋯⋯但這一切只是想像、一切都是如果，人生從來不是用「如果」組成的，人生只能用一個接一個的「選擇」構成⋯⋯所以現在的我，選擇不再任性，更珍惜手中每一個機會，要更盡其在我！

CHAPTER SIX

第六章——今昔

沿著河岸走去，究竟可以通往何處？是時間的源頭，或家鄉記憶的對岸？當漫步淡水岸邊，看著光影變化，頓時感到生命就如同眼前的景致，隨時在發生細微而永恆的變化；又如同過往與現在的自己，每分每秒都是獨一無二的旅程，必須珍惜，必須謹記，人生並不會有第二幅一樣的風景。

COMPARING

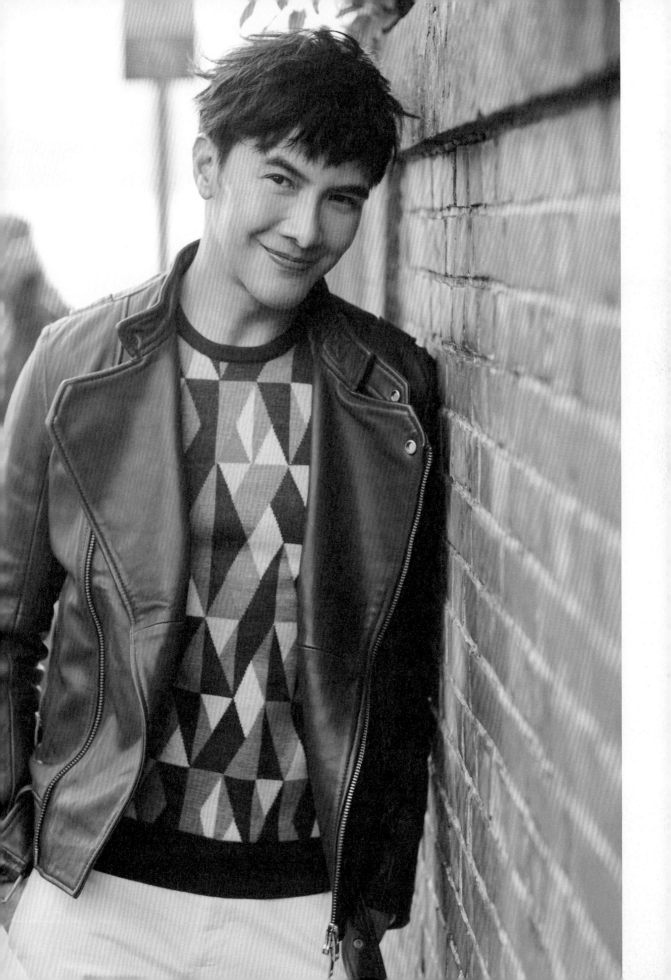

快樂是短暫的，
總是當著最後一天活著，
珍惜當下，能活著真好。

　　很久沒有一個人在淡水老街走走了，這裡隨時能提供一份悠閒的氣氛，從未讓我失望，迎著海風，感受前所未有的自在。我喜歡沿著河岸步行，慢慢經過一些在地小店、慢慢欣賞身旁經過的人事物……吹吹海風、喝喝咖啡，沈浸在自己的思索裡，得到片刻的喘息。

　　在台北生活許多年，已經開始能觀察到城市的細微變化，漸漸形成屬於我與台北的連結。這幾年，除了每隔一陣子在不同區域規劃出新的商場大樓或人文聚落之外，台北外貌並沒有太劇烈的變化，依然明亮宜人，隨著日夜流轉，分分秒秒都有不一樣的魅力。相對於不時掀起復古、懷舊氣息的台北，家鄉馬來西亞卻正在快速通往建設之路，吉隆坡尤其明顯。每次回到吉隆坡，就會覺得又變了一些，甚至連開車都會找不到記憶中的路，時間彷彿跳躍著前進，一如當年在努力爭取機會的過程中快速成長的我，希望被理解，渴望被看見。

　　現在返回馬來西亞，經常讓我想到過往那個年輕的、莽撞的自己，雖然演藝成績帶來令人欣慰的知名度，但是當有機會看到以前的舊作或是節目畫面，還是覺得生澀、稚嫩，心裡不禁覺得害羞。人生的每一刻都無法重來，一旦原地踏步、自我懷疑，只是限制了自己，必須藉由不斷進步，反覆修正每一個小細節。譬如來台拍戲初期，為了調整原本混雜了多種口音的馬來西亞腔調，從注音符號紮紮實實重新學起，上表演課也同時練習發音，因為選擇從基本功開始，才能有今日螢幕上的一點成果，生命裡每一種造化，往往建立在一念之間的判斷與決定。

　　城市景物會隨著季節而改變氣質，人的內在性格也會因為周遭環境的改變而有所調整。如今，在台灣的事業越來越繁忙，我的個性卻變得更慢、更溫和，同時也變得多話，這是這幾年最大的轉變。現在的我不再那麼灰暗，心情也更加明亮、喜歡與人親近，這

都是我始料未及的。當遇到過往容易動怒的小事，也開始懂得心平氣和，我想、現在的我比較能有同理心，更能設身處地為身旁的人著想。

回想起來，這一路上充滿值得感恩的人事物。看著有別於過往的自己，或許也是台灣的溫暖氛圍一點一滴影響了我。我曾經是標準的獨行俠，高中、大學時期總是一個人獨來獨往，沒想到這幾年竟變得能夠享受與人共處。有時候覺得自己像是一隻變色龍，雖然很容易受到環境影響，但換個角度來說，何嘗不是一種適應能力呢？

這幾年，雖然被戲劇作品塑造為一名小生，無論是高富帥的公子哥，或暖男形象……都是一種累積，但是我也一直在多方學習，試著打破既定的框架，藉由這個過程，將表演功夫紮得更深。畢竟人生只有一次，雖然期待事業有持續的進展，卻也絕不能以速成方式達到目的，那不僅讓人沒有安全感，更可能失去驕傲。

期待每隔一段時間就能展現新面貌的謝佳見，而這個謝佳見，每一次都會禁得起考驗。

淡水河堤岸
新北市淡水區中正路

CHAPTER SEVEN

第七章——前進

嚮往在草地上呼吸的感覺，那麼輕盈自在、那麼豐富飽滿，空氣裡有草絮飄過，好像所有的日子重新經過，不同的色澤，相同的質量，期許未來每一天都能成為永恆，如果可以，願意一輩子這樣度過，那麼輕盈自在、那麼豐富飽滿。

FIGHT FOR

感謝這舞台賦予我的精彩，
我不後悔，我只會更努力。

我們的相遇可以是刻意，

可以是偶然，又或是巧合，

不管怎樣，一切都是最好的安排。

　　在台灣，每當我感到不自在或遭遇挫折的時候，喜歡騎著單車到河濱公園散心，一邊迎著涼風、一邊陪我的小柴犬 Uni 玩耍，讓身心淨空，重新整理思緒。在這裡令我很開心的是可以養狗，甚至到處遛狗，進友善餐廳與商場。遇見 Uni 是在三年前，雖然想了很久才決定帶回家，但當下真的很開心。Uni 從小就很頑皮，一點都不像女生，一天天看著她的耳朵慢慢豎立起來真的很幸福。有了 Uni 之後，讓我開始有了爸爸的感覺，記得第一次帶她爬山的時候，她比我還興奮，可能出於好奇吧？跑得比誰還快，差點追不回來，把我嚇得好氣又好笑。

　　記得來台初期，我也曾經躺在河畔觀望天上的繁星，直到天亮才回家，藉此排除某些擱置心中的鬱悶。那是一種難以形容的感覺，身體雖然是自由的，心卻覺得被囚禁了，因為想要的東西遲遲沒有來到，只能把自己放逐在空曠的地方，尋找一個又一個無人的場所，靜靜安放自己的種種情緒。

　　在那樣舒適愜意的當下，好像才有了一點屬於自己的小天地。

　　從馬來西亞到台灣，回頭看這十五年的時光，很幸運一直準確走在期望的道路上，過程中也獲得令人欣慰的肯定，非常感謝永遠在身後支持自己的團隊，他們是能讓我無後顧之憂而不斷前進的最大助力。

　　工作之外，我的人生先後順序也隨著時光默默地有所調整。此刻家人在心中的優先順序排在更前面了，尤其從前無解的與父親的關係，隨著心態的開放與成熟，已經獲得了新的解釋，越來越好。跟父親關係的改變，也連帶影響許多層面。像是以前的我並不太能面對小孩，現在竟然開始會想多親近他們，也許跟年紀有關係吧！我覺得小孩子是大人心中的某種寄託，因為孩子，你會想要更努力去為他們做一些事。

譬如現在特別關心堂姐的兒子。我對於堂姐有一份特殊的感情，小時候一起長大、一起苦過來，我們沒有父母親陪在身旁，只能互相陪伴，所以現在會想要付出更多愛給自己的外甥。坦白說，過去的經歷對我的人生有許多關鍵性的影響，也是磨練我心智的關鍵。比方說現在努力的目的之一，也是想要拼出成績給以前那些不看好我的人知道，自己已不再是那位勢單力薄的孩子了。

　　仔細回想起來，我的人生與個性真的改變許多，好比我原本是一個工作狂，總是一個工作接著一個工作往前進、不敢讓自己停太久，深怕一停下來就怠惰了。然而，這幾年我開始做些調整，選擇追求工作對自我的意義，不再馬不停蹄地趕，而是留給自己呼吸與省思的空間。

　　雖然身旁不乏有許多朋友，選擇在演藝工作之外，尋求其他領域的投資機會，但是隔行如隔山，沒有什麼是能一步登天的，所有的工作都有其價值與專業性，同樣必須花費時間與精神去學習、換取經驗。如同表演一樣，不同團隊、不同角色、不同年歲心境裡，都會有不一樣的詮釋，這也讓我決定專心一志在自己擅長的演藝事業中，一旦與好的合作、好的腳本相遇，我便專心投入，剩下的是充電的時間，在生活中學習。

　　如果說，過去的我因為缺乏安全感，讓自己不斷忙碌、絕不喘息，那麼從現在開始，我的目標便是安於現況，朝著更多能提升人生意義的方向前進。

大佳河濱公園
台北市中山區

AFT■■W■■

後記──想

我想像森林是一座宇宙，每一棵樹都有自身的軌道與定位；我想像自己是未來的探索者，在無法計數的樹齡裡渺小地穿梭，光年之遠又咫尺之近；我想像生命的秘密就深藏在其中，我情願窮盡一生地追尋；我想像自己與城市一同衰老，一起年輕。

「人啊總是善忘的，

人總會喜新厭舊，

但我相信有漲潮，

也一定會有退潮；

　　過去來台灣旅行的時候，每回一定要到陽明山上看夜景，那裡跟馬來西亞雲頂一樣，可以從高空鳥瞰一整座城市，心裡很放鬆很舒服。冬天的時候我喜歡到陽明山上的咖啡店坐著發呆，那裡的咖啡桌下設有暖爐，一邊享受空氣中乾乾冷冷的氣溫，身體卻又能保持溫暖舒服的狀態。

　　在發呆的時候，或者戲與戲中間有短暫休息空檔時，我總會去思考未來能做些有別於演藝工作的事。我想到，非常憧憬到世界各地推廣公益，希望能真正挽起袖子去幫助需要幫助的人。我認為這是身為藝人很棒的意義與價值，發揮自己的影響力、號召力，登高一呼並親身投入，讓許多公益工作能夠事半功倍。

　　對我來說，兒童是我主要想要協助的對象，這與過往經驗有關，我明白這世界有許多孤苦無依的兒童，所以由衷希望能讓他們擁有更好的生活；此外，每當想到我的奶奶，總希望能彌補那時無法好好陪在她身邊的遺憾。我必須趁有能力、有資源的時候，化遺憾為行動，陪伴其他長者多走一哩路。

　　談到未來，心裡有說不完的理想與目標，但是，無論事業或者人生之路，終究必須回到自己的本心與初衷，希望踏出去的每一步路，都可以完全代表自我，也同樣期盼身邊的所有人，可以因而獲得感動與幸福。

　　如果你問我幸福是什麼？對我來說，能夠做自己開心的事就是極大的幸福，即使做不同事情都要付出不同代價。其實當你想清楚後便會發現，做任何事情都是有捨有得，不可能兩全其美。人生應該克服的是不知足的心態，總是習慣觀望尚未擁有的人事物，是一種為難自己的慣性。即使不滿足是人類前進的動力，但凡事過猶不及，總要找到一個平衡點，才有幸福的可能。

出道即將十五年了，沒想過可以走到今天。曾經說過只待兩年就回去唸書了，後來還是沒離開，曾經低迷到想放棄，最後還是堅持下去了。也許我是真的愛上了這份工作吧，戀上了粉絲們的愛，賴著角色給我的無限可能，迷上了螢幕裡的自己……

　　感恩身邊一切的一切，最重要的還是始終不曾離開我的「佳人們」，無論戲裡戲外都那麼不顧一切的給我鼓勵與安慰，像家人一樣。我常告訴自己要堅持到底，因為我的「佳人們」都期待著我的作品，他們會重複又重複的觀看與聆聽，所以我一定要做到最好，對於各種挑戰也從不設限。譬如很多人忘了我當初來台發展是以歌手身分拍攝〈謝謝寂寞〉的微電影，之後好像不再有聲音了。很多人問我喜歡演戲或唱歌？我會毫不保留的選擇演戲，也許是接受到的成就感比較多吧，唱歌反而越來越沒信心了，甚至在KTV裡也不是會搶麥的人。還會唱嗎？還能唱嗎？我還是會期待有那麼一天，你呢？

　　站在山路上，從過去想到未來，十五年的演藝生涯，不斷從我眼前開展下去。一路走來總在身邊幫助我的工作人員，以及所有喜愛我支持我的「佳人們」，就像是夜晚的繁星點點、晴朗午後的雲朵，當我靜下來用心觀看，就會發現你們一直都在。雖然還有許多未完成的心願，但行走至此我必須說，自己已經非常幸運！如果我像天空這塊畫布，你們才是構成這幅美好景致最重要的部分。未來每一天，都希望你們能與我一起，繼續完成一幅又一幅的藝術創作，一個都不准缺席！

竹子湖黑森林
台北市北投區竹子湖路

曾經我感動流淚，
也因而難過哭泣，
但我學會平常心，
不是我的不強求。」

親愛的，你喜歡現在的我嗎？

MELVIN SIA